F"

花朵主义者的告白

的告白

梁平 —— 著

浙江文艺出版社
Zhejiang Literature & Art Publishing House

赵子琪
演员

❞❞ 梁平老师是我的第一个花艺老师，因为她，我知道了世界上有那么多种花材可以灵活运用。后来花艺改变了我的生活，我会去花市选几种花材，自己亲手制作花束，家里的插花也越来越像样。她是一位花的使者，在这本书中会告诉大家，怎样用花艺装点生活的方方面面。

曾焱冰
作家
餐桌布置艺术家

❞❞ 梁老师对花是很认真的。这种认真，是一个摩羯座特有的爱的表达。她仔细对待每一枝花，不管是绽放的还是凋零的，完美的还是残缺的，在她手里都能变幻出魔法。《花朵主义者的告白》是发自内心最温柔、敏感的声音，让一朵朵花儿，和她所经历过的生活与情感，一起绽放在你面前。

秋微
作家
导演

❞❞ 十几年前初见梁平是在一个活动现场，她是花艺师，我是主持人。她在我不远处低头蹙眉专注地摆弄着她的作品，睫毛在脸上弯出两道弧线，特别像奈良美智的作品——臣服和倔强不违和地混在一张脸上。事隔十几年，她脸上的这两个元素还在，我想那大概是对美的臣服和对审美的倔强。

想起好多年前我在写《景观剧〈红楼梦〉》的时候为贾宝玉的那句"女子是水做的骨肉"硬续的一句话"每个女孩儿都有一个花做的宇宙"，送给梁平，这也是我的"花朵主义者的告白"。

　　在童年的我眼中，整个世界宛如一座巨大的秘密花园。

　　儿时去上学的路旁有一片辽阔的草原，春天满眼青翠，夏天开满了斑斓的繁花。起风时，花瓣随风摇曳的姿态中，仿佛蕴含着世间一切美好。尤其雨后，泥土的味道混合着植物的清香和花朵的幽香，真是沁人心脾。冬天里，窗外漫天大雪，爷爷家的房间里却盛开着数十种花草，深绿色的文竹爬满白色的屋顶，桃红色的月季花在含苞待放，这一切时常还会萦绕在我的梦中。

　　幼时的我有些孤独、敏感和羞涩，幸运的是有那些花草植物和猫猫狗狗的陪伴。植物虽不如小动物那般活泼，但它们并非没有任何的感觉，只是能量形式有所不同。其实，你能够在植物丰富的质地、气味、颜色与成

长变化中，与它们相互交换生命的信息。好像那叫"朝颜"的牵牛花，在清晨挂着露珠向天空伸展，让人感到朝气蓬勃；含羞草排列规整的瓣叶，在人碰触时优雅地合拢，好似一个羞答答的小女孩般可爱……

大学时，因缘巧合接触到花艺，也由此认识了许多志同道合的朋友、同学、老师。在不停地汲取养分，深入了解不同的文化后，原有的一些条条框架逐渐被打破了。世间本没有不好看的颜色，没有无意义的存在。就算是不起眼的一朵小花、一棵小草，通过不同的排列组合，也会散发出新意。甚至，花卉的五感能连接到人性，传递宇宙深奥又平衡的力量，散发万物之灵气，直抵人心。

植物给了我关于美的无限灵感，也在我心里埋下了一颗种子；而艺术滋养了我，让花艺在我生命中逐渐成长，一步步开出繁花。

20 世纪 90 年代，国内的花艺才刚刚萌芽，我有幸认识了当时在世界花艺界比较权威的老师们，追随他们到处去学习。在摸索学习花艺的同时，他们的生活态度与方式也让我感受和关注生活的细节和美好，仿佛打开了一扇通往新世界的大门。

　　世界各地都会有不同规模的花艺比赛，花艺师无论是在准备还是表演的过程中，脸上始终洋溢着心满意足的笑容。不是炫耀技能，也不是在才艺上一决高下，他们在享受着捕捉、创造生活的美好这一过程。

　　"二战"时期有这样一个动人的小故事——
　　战争过后的巴黎一片废墟，整个城市生灵涂炭。
　　一个美国人很担心地问他的同伴："你看他们还能重建家园吗？"
　　他的同伴说："能，他们能做到。"
　　"什么东西使你这么肯定？"
　　"你看他们的桌子上放着什么东西？"
　　"摆着一束花。"
　　"任何一个民族，当他们身处凄惨的境地，还能想到在桌子上摆设一些花，就一定能在废墟上重建家园。"

　　花朵的确能给人带来这样的抚慰，一个哪怕再简陋的房间，插上一束鲜花，就会充满灵气。生活不需要很奢侈，照样可以很美好。

很多年来，花艺已然成为了我的信仰，身处其中时，缺氧的心能够畅快地呼吸，内心深处的纯粹能够保持下去，甚至可以在纷繁的红尘中拾回丢失的初心。

花卉艺术让我们直观地面对与珍惜更宏大的世界，也可观察细微渺小的快乐。每一束鲜花，都仿佛对生活说一遍我爱你。

在花朵短暂易逝的动人之美中，我们看到人生的希望与欢喜。

flower like

CONTENTS

The
Confessions
of a

Flower
Artist

Secret Garden

PART 01

让美好的事物，就这样发生

Flowers opened the heart

花朵，打开了我通向世界的大门

　　因为家庭的一些缘故，我的童年曾有一段时期在爷爷奶奶家度过，那时的我有些内向、封闭，因为父母不在身边又没有同龄人的陪伴，人不可避免地陷入孤独之中。

　　偶然的一次经历影响了孩童时的我。有一日，在路边偶遇一整丛的含羞草，它们挂着露珠，在溪流之上静静地看着我这个不速之客。看见它们葱茂美丽，我便忍不住上前爱抚，轻轻一触碰，它们便合拢叶子，微微下垂，害羞的样子可爱极了。不知为什么，我把心中的悄悄话跟它们讲了好久。之后我渐渐地发现植物之美静默又温柔，从来不过度索取，对人一向宽容有加，它既满足了我对美的渴望，又帮助我找到疗愈自己的方法。

后来为了学习花艺，我行走于各个国家，发现花朵的颜色、造型、气质，与个人乃至民族、国家的特性密不可分。比如，同在欧洲，郁金香盛开的荷兰偏爱热烈的颜色——橙与黄，在对比强烈的色彩间挥洒奔放的情感；而常年冰雪覆盖的北欧，热爱自然，又以低调内敛的方式进行表达，浅绿、冰蓝、白和粉，一些安静又充满生命气息的颜色更投其所好。

而德国古堡门廊上的精美花纹、跳跃在午夜巴黎街道上的音符、划过乡村蓝天的清亮鸽哨，这些异国的情绪与文化仿佛是一把把神奇的钥匙，一点点打开我封闭的内心，经过时间的积淀，从花瓣与草叶中丰沛地溢出，激起我内心宁静的喜悦。

我常常感觉是花朵把我变成了另外一个人，一个原本羞涩孤僻的女孩儿，因为花朵而把自己的心打开了。我的德国老师 Gregor Lersch 对我的影响尤其深刻，这个留着大胡子的德国老头，在摆弄造型时有着异乎寻常的专注，脑子里的创意层出不穷。因为年龄的关系，他并非随时随地都精力充沛，但可以肯定的是，他相当勤奋，对花艺从未厌倦过。土壤的特性与软硬度、水分与阳光是否充足、植物与世界相处的方式……花朵与草木，在不知不觉间，融入了这个看似粗犷的大胡子的情感，让他有一颗柔软的心。他热爱着生活，尽可能将其细小的点滴化为美好。这在他身体疲惫、创作陷入低潮时一次次给予他支撑，让他获得一次又一次的超越。

从入行到现在，十几年来，我从不后悔自己在花艺上面的投资。这十几年的打磨与学习，让我真正找到了和自己相处的方式。如果无法集中精力，我就停下手中的事情，选择插花。在修剪枝叶、摆弄角度、寻找器皿的过程中，我像找到了一片自己的安全区，很快地静下心来，放松地去和花朵对话。我从未发现哪个工作如此有魅力。因为花艺，规则经常被打破重建，在平淡的生活中，冷不丁地给你一个巨大的惊喜。

　　年少的孤独、美的初体验、异国的文化情绪以及蒙古人骨子里的自由血液，它们与万物和花朵碰撞交融，它们让我的双手沾满泥土，双脚紧踩大地——只有这样，我才真正地感到心安。

THE CONFESSIONS OF A FLOWER MAKER

花＋空间

处处皆灵感

在插花的过程中，规则是一定要打破的。如果因为条条框框限制了灵感的发挥，世界又会少了很多乐趣。

有时，一个漂亮的茶几桌面和图案，也会带来创意。图里的茶几桌面明艳浓郁，但我反而想利用这种艳丽的氛围，去打造出一个热带植物的装置小品：奔放，有点野性，还带有丛林植物才有的雨水和泥土的味道。苔藓，这卑微得不起眼的植物倒有一种雨林的感觉。空气凤梨张扬的叶片让人联想到海滩上的棕榈叶，再配上紫罗兰和多肉，与图案中的华丽花卉相呼应，充满着异域风情。

一枝花的魔力

单独插一枝花时，整个风景都会凝聚在那枝花上。在观赏雕塑展览时，一个想法突然冒出来：将单枝花分别插好，然后组合在一起怎么样？就像雕塑作品组合，有一种无声的律动在它们之间跳跃着。我用纸板做成高低不同的圆锥体，再贴上厚实的叶片，上面插了单朵的山茶花。几朵小山茶花组合在一起，浓浓的色彩有一种化不开的热情，将居室的沉闷一扫而光。当然，单朵的花儿也要有高低之分，不同的层次让静止的花朵有了流动的韵味。在制作时，尽量选择厚实而持久的叶片，能随时间的推移而变化颜色，给居室带来季节感。制作时，注意圆锥体口径的大小，能插下一枝花且能固定好高度最重要。这样的小品无论是放在茶几上、柜子上，或者放在地上，都闪烁着光彩。组合的数量可以无限延展，但尽量选单数吧，让美也能意犹未尽。

丰富多彩的花材

想要插出一组满意的花，熟悉花材是先决条件。从花材的名称、颜色、形状、茎的长度，到它们的质感、调性、动态，都要一一了解。除了多多做练习，找感觉以外，平时可以去鲜花市场和大自然里走走，最重要的是要用眼睛和心发现美。

　　了解花材的形态是插花的基础。花材大概分为四种形态，即块状花材、线状花材、象征性花材和填充性花材。象征性花材又叫形式花材。

　　块状花材一般花形较大，花瓣外围边缘呈圆形，多数会当主要花材来使用。像玫瑰、百合、芍药、石竹这样花盘较大的饱满花朵，就属于块状花材。

　　线状花材顾名思义，就是花的主枝呈线条状，并长着一些呈絮状的小花或叶子。比如飞燕草和铃兰。

　　而象征性花材外形比较奇特，颜色鲜艳，花形较大，长得像某种生物，属于贵的花材。象征性花材多产于热带国家，经常看到的蝴蝶兰、天堂鸟就是象征性花材。

　　最常见的填充性花材当属满天星了。由于填充性花材在一个作品中大多作为补充空间和烘托主要花材之用，所以花材的花朵较小，花茎上还有很多分叉。勿忘我就是常见的填充性花材。

Flowers opened the heart

世俗与美，有时只差一个用心

　　几年前在巴黎的一个冬日的夜晚，受邀参加在巴黎橘郡博物馆的活动。那天的夜晚繁星满天，人们在大厅里聊天跳舞，我一个人在博物馆里静静地欣赏莫奈的画作。光影亦真亦幻，色彩细腻地变化，我仿佛在那刻进入另外一个时空。

　　那日走出博物馆，街上的音乐和人群涌了过来，喧嚣不已，但刚才的氛围仍带给我巨大的快乐。我沿着河边漫步，享受着这个美妙的夜晚，感受着午夜的巴黎。一个博物馆，就这样将美与世俗隔开，又让二者奇妙地统一于巴黎人的日常中。不禁感叹，原来艺术也可以不留痕迹地融入生活，在平淡之中也可以轻易触碰到美。

在欧洲四处游学之后，我才了解为什么欧洲人习惯将日子过得美好又享受。他们的信条是工作是为了更好地享受生活。美是他们的日常，有钱的人会买大束花，普通的上班族或学生也会用心挑选几朵带回家；无论贫穷富贵，都会去听音乐会，都会去逛博物馆；就算是一个服务员，都会对自己的工作和生活保持着尊敬。

后来定居台北，了解台湾人生活的节奏，他们的慢享生活。人们会去上插画课，在色彩和线条中释放自我；或者通过茶道修炼浮躁的心性。在花市闲逛时，我总能看到琳琅满目的各式花朵，即便是批发小贩们在色彩、形态的搭配上也十分用心，一朵一朵的鲜花陈列在那里，仿佛是经过大自然精巧配色的一幅画卷。

慢慢觉得，世俗和美之间隔着的其实只是一个生活方式，而花儿正是中和两者的一个要点，它总是提醒我，既和生活保持一定距离，避免陷入琐碎庸常的折磨，又能发现其中的别样滋味。花朵仿佛具有模糊时空的效果，它总能模糊掉我所不喜欢的现实，在庸常的生活中让我活得鲜艳。

斯蒂芬·金的小说《玫瑰疯狂者》里，女主角遭受着丈夫严重的家庭暴力。逃出丈夫的魔爪后，她设法谋求一份职业。在坎坷动荡中，她没有放弃自己的生活——租了一间小屋，打扫得干干净净，还在墙上挂了一幅廉价的风景画。最后，是那幅画救了她。《狗镇》里的妮可·基德曼，在屡遭虐待蹂躏的苦境下仍设法攒钱，去买陶瓷小人回来，一个一个地买，直到攒够一套。

花艺对我的意义也是如此。手中的花，既是一种爱好、事业，更是我在生活之外开辟出的一块精神家园。它们无意间向我的灵魂洒下细微的光，带来的美好让我"离地三尺"：即使身处泥潭，也可以仰望星空；即使偶尔琐碎，照样可以拥抱美好。

我很喜欢梭罗的一句话："如果你满心欢喜地去迎接每一个清晨和夜晚，如果生命像鲜花和清馨的芳草一样散发着芬芳，从而更加富有活力，更加星光璀璨，更为神圣不朽——那便是你的成功。"

也许，花朵一直以来给我传递的语言其实就是这样。

把春天带进来

　　万物复苏的春天，是一个让心里暖融融的季节。没时间出去赏春，也可以把春天带到室内来。客厅的一个角落里，粉嘟嘟的桃花枝和绿色的木绣球交相辉映，一朵朵蝴蝶兰从中飞来，厚实的龟背叶在下面散开，托住了这春天的景象。用插花剩下的木绣球，和几朵柔嫩的粉红花毛茛扎成圆形小花束，再放进小花器里，一盆优雅的茶几花就完成了。春的气息让整个客厅生意盎然。

　　一般来讲，客厅是一个家里面空间最大、聚集人最多的地方，所以插花也比较大型，来客可以从沙发两旁，或者从上往下欣赏插花，因此花朵的角度很重要，要在视线常常波及的地方，展现花朵最美的姿态。

为了使彼此能舒服地交谈，摆在茶几上的花不宜过高，以免分散来客的注意力，或者抢掉大型插花的风头。茶几花是用来呼应、衬托大型插花的存在。为了从任何座位观赏花朵，可以把花束插成360度可见，每一个角度都呈现出花的正面。让花香迎接自己回家，是不是心情也要好很多呢？

改变氛围很容易

有时候，氛围的改变，并不需要依托买买买和换换换。图中这种白色和灰色组成的空间，有种生人勿近的高冷。粉色花朵的出现，为这个显得生硬的空间添了些许女性的温柔，同时粉红也衬着白色，让整个空间明亮了许多。好友艺术家谢东的白色竖纹骨瓷配上芍药为主的插花，给人一种高雅、平和的心境，又让粉色的花儿多了几分稳重，搭在这里，打破了粉红常常给人的轻佻突兀的印象。

用来搭配的叶材也能改变花束的氛围。喷泉草让这束传统而保守的花多了些活泼和律动，还有一种朦胧的美感。另外，变化插花的位置，与不同的艺术品、装饰进行组合，营造出的感觉也不一样。这幅绿狗的画放在同一束插花旁边，有一种"咬春"的感觉，颇为有趣。

百搭神器——试管花瓶

　　试管花瓶精致又不占地方，在空间有限的居室内摆上一组插花小品，整个氛围就会活泼起来。试管花瓶的好处是，随意往里面丢点花和叶，就会出来一组好看的组合。我在里面插入几朵不同层次的粉红色花，有长条的桃花枝、锯齿边的郁金香、糖果色的月季、香气逼人的风信子，还有黑色花蕊的白头翁，再用一枝澳洲蜡梅加以点缀，时髦又优雅。

Flowers opened the heart

佛前供花，治愈了我纷扰的情绪

我想每个人都会遇到这种时候：事业受阻，爱情不顺……一个人仿佛钻进死胡同，做什么都感觉不对。

很多年前，我曾在北京一所时尚陈列学校开设空间花艺课程，当时应该是较早把花艺专业带到室内设计和空间陈设课程中，讲了一段时间后知道自身知识体系还需要完善，同时感情生活也出现了一些问题，就决定停下课程和国内的工作，去国外充电学习。

刚好那时新加坡举办第一届国际花园节，我去参加活动并在老师的展位上帮忙，认识了一名当地的设计师。他的展位就在我们附近，在来来往往的人群中，他工作的状态是那么安静和怡然自得。通过聊天才知道他并不是专业花艺师，但做出的花朵造型设计却别有一番风味，创意十足。在互借工具的过程中，我们渐渐熟络起来，知道他的专业是服装设计，业余时间在寺庙做佛前供花。

展会结束后，他邀请我到他做义工的寺庙里参加一个大型活动并帮忙插花，我欣然答应。

有时觉得好多事情都有两面，我的一些烦恼因花而起，但我的心静也因花而生。身处清幽的佛堂里，风徐徐吹过，我在佛像面前一枝一枝地侍弄花草，心灵的蒙尘被涤荡，纠结杂乱的思绪也被慢慢捋顺，在那个空间中感受到了前所未有的宁静。

那天插花整理好后，摆在佛前，特别闪亮，金碧辉煌的佛像和鲜花的细小相映成趣，勾勒出一个独特、安静的光影世界……

其实东方插花原本就起源于佛前供花，在我国已经有 3000 多年的历史。像现在大家熟知的日本花道其实是在日本的飞鸟时代，圣德太子差小野妹子去隋朝学习佛教，隋朝的佛前供花，给小野妹子留下深刻印象。回到日本后，小野妹子特别报告了供花一事，佛前供花就在日本推广开来，随着时间的推移演变成了现在百家争鸣的日本花道。

东方传统插花讲究留白与空间感，在减少与克制中修炼性灵，体味禅意，所以用花很少。但插花者本身，得有一颗虔诚之心，对神灵有完全的敬畏之情。因此，哪怕是寥寥三枝花，也可以插一个下午，甚至更长时间。这无疑是修心养性的一个方法。

身处逆境的时候总是想，人是生而忧苦的，生、老、病、死、爱别离、怨憎恨、求不得、五阴炽，这时尤其需要纯粹的东西来警醒自己。以花悟道，也许是一种自我的疗愈。

Flower
+
space
F"

自然处处有禅意

东方插花崇尚自然，并不刻意追求花的装饰元素，在花草本真的姿态中，透现出道法自然之理。因此，我们常常看到的是寥寥几枝花，在洒脱中留出空白和余韵，这仿佛成了东方插花的代表。事实上，多枝花也能插出清淡不俗的东方韵味，意境和色彩到位就可以。

我用雪柳来表现春雪半融的景象，嫩黄的玉兰花只需两三朵，就能很好地点出万物的萌动。为了让整个作品更加饱满，加上了几朵白玉兰。雪柳开出一簇簇的小白花，有些地方的花蕾还冒着尖儿，线条也十分优美，巧妙地展现出自然之姿。在玉兰的香气中喝着雪水泡好的茶，再弹几首古曲，让禅意涤荡蒙尘已久的心。古朴木桌上的花，像是凝聚了初春的景象，人也仿佛坐在万物即将复苏的雪地里，和茫茫天地融为一体。

"藏"起来的东方美

东方之美，美在含蓄。正所谓含不尽之意，蓄内在之势，含蓄所营造的节奏感是独特的，在缓慢中显出美的张力。

我用了"藏"的手法，来打造这个可以修心的作品。手工敲制的铜盆低调古朴，即使插入少量的花儿也不会有贫瘠之感。鹤望兰的叶子是绝对的主角，也是美之旅程的迎宾。宽口的铜盆，是展现面的绝佳道具。鹤望兰分着高低层次延伸出来，蝴蝶兰像是从里面长出来一般，引人一探究竟。顺着它们探到堆在底部的重瓣绿菊，好比在逶迤曲折的亭台楼阁间遨游时，一处优美的景致突现眼前，个中滋味妙不可言。

这次插花，我用到了碗状花器（即浅身阔口的扁平花器）。碗状花器的好处就在于，它能清晰地衬托出花朵的姿态，因此也常被用于写景式插花。注意不要选碗身过浅的花器，也不可露出花泥或剑山来。碗状花器的碗面空间较大，因此叶面的表现是相当重要的一笔。一般会从俯视角度观赏花儿，因此，上方就是整个作品的正面。

选花和养护"秘笈"

通常我们在鲜花批发市场或花店买到的鲜花都是商业运作的鲜切花，从农场采摘、装箱、再运输到所在的城市，大概需要 24~36 个小时。现在全世界的花卉贸易都是联网的，到了花商手里还要进行二度处理，在这个过程中有可能根茎已经接触到了细菌。当然，如果有花园的话，也可以使用从花园里直接剪下的花草。

如何挑选新鲜的花材呢？首先要确认花头是否紧实，尤其是花萼的部分。如果花瓣上有散落的花粉，说明花朵即将凋零。新鲜的花，花瓣上不应该有花粉，花蕊中央应清晰可见。另外，还要确认花茎和叶片表面的纤维是否完整而新鲜，新鲜花卉的叶子会呈现出生机蓬勃的绿色。花根的部分也要保持新鲜的颜色，得注意它是否有受细菌感染的痕迹。另外，不是所有花都有香味，但有香味的花如果越新鲜，香味就越浓。

如何养护它们呢？首先你要了解花材的特性。无论你是从哪里得到的鲜切花，都要第一时间把花们浸泡在干净的温水中（37 度左右的温水比冷水更容易吸收），也可以在水中加入专业的保鲜剂，再在水中把花茎剪去

2~3厘米的长度，让新鲜的根部吸饱水分，同时要把多余的叶片摘去。

为了延长赏花时间，水质的管理极为重要。每天需要给花换干净的水，同时也要把花器清洗干净。为防止细菌的滋生，清洗花器时可用洗洁剂，还可用含氧漂白剂浸泡窄口的花瓶。

**Flowers
opened
the
heart**

如果你感到痛苦，不妨去看看大自然

对于花艺创作来说，除了对色彩、花朵的了解，更需要灵光一现的灵感。我的灵感来源除了学习、旅行，更重要的是走入自然，接触生活本身的质感和实感。森林仿佛能吸收一切的繁杂，我赤脚踩在绵软厚实的落叶上，一种原始的力量将我与自然万物相连。

从诞生之初，人类就与自然密不可分。伊甸园里的亚当和夏娃，在青草与果树间栖息，亚当给所有的飞禽走兽起名；希腊神话更是离不开大海、森林、星星和女神。从母体脱落的那一刻，灵魂一直在寻求自己的根。草木的质感与泥土的芬芳，以及果实甘甜的汁液，这一切在愉悦我们感官的同时，也带给我们回归自然的喜悦。

难怪花朵会主宰凡·高某一时期的创作。热爱自然，是他了解艺术的真正方式。自然生命的原始与狂热在静止的画布与凝固的色彩中形成难以言喻的张力——苹果里的果汁正努力撑开果皮，种子为结出果实而不断膨胀；太阳旋转着，发出巨大的热浪。而花朵明朗的色彩，让那颗长期浸泡在灰色中的心灵得到救赎。对穷苦人的悲悯、爱情的挣扎、精神病的折磨，融化在明艳的红色、淡蓝、粉色中，以自然的简单与崇高作为归宿。而鸢尾与五月花，带给普鲁斯特的是暧昧又细腻的幻象，他笔下的《追忆逝水年华》永远萦绕着一种贵族式的慵懒和漫不经心，将优雅的日常背面隐秘的情感娓娓道来。花朵，在每个人生命里都留下了烙印。

去山间摆弄各种花朵，我常觉得花朵的成长是一个神奇的过程。飞鸟衔来了种子，让种子在泥土里不断吸收养分，冲破黑暗，和世界打了第一声招呼。从叶片的舒展，到花苞的绽放，它源源不断地吸收空气、雨水与阳光，又将香味输送给风，花粉输送给昆虫，在广袤的自然里，以自己的方式留下生命的痕迹。从出生到死亡，它用短暂的一生画出了完整的圆形。难怪梅·萨藤会如此说，"如果一个人专心致志地瞧一朵花、一块石头、一棵树、草地、白雪、一片浮云，这时启迪性的事物便会发生"。

万物各从其类，各具其美。权力的较量、地位的高低、财富的多寡、仪表的美丑——在山间，世俗的法则似乎失去了其该有的功能。

Flower
+
space

F"

空间里的自然之美

"天地有大美而不言，四时有明法而不议"，用自然装饰空间，除了能松弛紧张的神经，还能多出几分灵性和诗意。天堂鸟这样的象征性花材，与装饰画和器皿上的几何图形巧妙融合，形成统一、平和的风格，这个简约、明亮的空间散发着些许异域风情。绣球、龙胆、蜡梅、尤加利叶……有如奶油般富有层次感的白色花束，带着几许法式的慵懒与优雅。与旁边粉色沙发椅的搭配，使客厅多了一份温柔。尤其是午后的阳光洒进来，坐在沙发上喝杯茶、看本书，很是舒服、惬意。

在挑选花材、构思作品时，不妨考虑花朵与器皿、空间的气质和调性是否配合，让自然为生活锦上添花。

花朵的颜色

花朵的颜色搭配又是一门学问，我们不妨将它简单化。比如想要秋天的感觉，可以选择橘色的花。橘色的花让人感到精力充沛，一个非洲的罐子搭上橘色的兰花、菠萝菊和绿叶上的小果实，马上感觉收获的季节到了。若在颜色上拿不定主意，用紫色的万代兰就很好。它的颜色高贵神秘，花期也长，大概能放15天左右，放在任何的空间和器皿里都十分合宜。万代兰、小米花和松枝的组合清新可人，其实万代兰单独插也很美哦。

花朵的保鲜

为了留住花朵短暂的美，保鲜是必要的一步。以往民间流传用糖、啤酒、铁块等做保鲜剂，这些其实都对花儿的作用甚微，都比不上专业的保鲜剂。专业的保鲜剂有很多，其中著名的是荷兰的可利鲜。

注意不要在水晶玻璃或金属花瓶中加入保鲜剂，因为保鲜剂的酸会与金属产生化学作用，加速花朵的枯萎甚至腐蚀花朵。

花朵摆放的位置也很重要。不要把花放在水果或香烟附近，它们会缩短鲜花的花期。请避免让阳光直晒花朵，或者把它们放在过热的地方，花儿更喜欢凉爽的环境。

可以挑选一些花期较长的花材。一般来说，越是大朵的、花茎越长的花儿，花期越长，如热带花卉中的各种兰花类、鹤望兰类、仙人掌；还有像百合、玫瑰等常用花卉。当然最好的办法是你自己去观察植物的花期并做记录。

The
Confessions
of a

Flower
Artist

Secret Garden

PART 02

一 切 都 浪 漫

Flowers opened the heart

世界上没什么事情是一杯茶解决不了的

　　"用茶以娱乐晚间，用茶以慰藉深夜，更用茶以欢迎早晨。"英国作家塞缪尔一语中的，道出茶在英国生活中，扮演的举足轻重的角色。而英国的下午茶文化，早已风靡全球。

　　在电影里可以看到这样的场景：花园的长廊上摆着浅色的圆桌，紫藤从两边垂下来。缀有白色蕾丝花边的桌巾上，红茶从骨瓷杯里薄薄地透着光。还没喝，心就暖了。银质的三层点心架上面摆着的，从来都是下午茶的重头戏——小巧的手指三明治、必不可少的司康饼，以及诱人的蛋糕和水果塔。它们从下至上，由咸至甜，一层层打开你的味觉。唇齿间盈满了奶油的香甜，再配一口大吉岭，茶叶的清爽立即中和了点心的甜腻。为人处事的平衡、内敛以及克制，这种英国绅士精神在下午茶中得以体现。

英国的下午茶，有上百年的历史渊源，听上去犹如老古董一般正经得不像话。实际上，它诞生于贵族女性的闺房，源于人类最原始的需求——饥饿。维多利亚时代，英国上流社会的早餐都很丰盛，午餐则较为简便，而社交晚餐一直到晚上八时左右才开始。安娜·贝芙德公爵夫人难耐这漫长的等待，于是便差女仆送来抹了奶油的面包和茶。渐渐地，夫人邀请朋友们，在茶、鲜花与点心中共同打发无聊的时光，于是下午茶逐渐在贵族的社交圈中风靡起来。

任何事情一沾上贵族，就变得讲究起来，一举一动都是尊贵的体现，一点一滴都是身份的象征。当然不能用五根手指去吃点心、端茶杯，因为用三根手指取用食物，才是教养和优雅的体现。茶会的邀请卡上，常常出现"R.S.V.P."，这是法语的缩写，意味"等待您的回复"。法语是欧洲贵族的官方语言，也是他们的必修课。使用法语，也和普世拉开了距离，无意中宣告了自己的不凡。除此之外，远在中国的陶瓷茶具成了上流社会的奢侈品。由于运费高昂，珍稀的茶叶往往被珍而重之，到了下午茶时间，才由女主人亲自开箱，为客人泡上一壶壶美味的茶。下午茶，的确"难能可贵"。

尽管下午茶诞生之初，掺杂了浓厚的政治意味，但同时也是一场艺术的"盛宴"。描了金线的玫瑰茶杯，是维多利亚女王的最爱；Polka Rose的茶具小巧清新，让人想去英伦的花园里小坐；而银制雕花茶具，则代表了英国人对阳光的渴望。尽管被包得严严实实，但贵妇们的衣饰绝对是茶会上的一大亮点：轻盈的羊腿袖能让手臂更加纤细，丝绸包纽和褶皱的设计，显得华美而贵气。洛可可、新古典主义、印象派……这些听上去深奥的艺术风格，竟在下午茶中得以完美体现。

　　能把无聊的生活过得像诗一样美好，是女人与生俱来的本事。比如玛丽皇后，她从不追赶时尚，因为她就是时尚本身。迫于婚姻和宫廷生活的严苛与沉闷，爱美的玛丽只好在艺术、时尚与狂欢中释放自己被压抑的天性，毕竟，"凡尔赛宫中，没有朋友"。而上流社会的贵妇们，不是谁都像玛丽那样大胆，她们在教养、规则、分寸中将自己层层包裹，为了家庭的利益习惯性地牺牲自我。下午茶让她们偷偷喘了口气，至少在此时，她们可以把自己的注意力从家庭的琐事中移开，转向美丽的衣物、精致的茶具和不同风格的布置，发现生活有趣的另一面。美告诉她们：为自己而活，有时候并不那么坏。

　　随着时间的流逝，下午茶从贵族走向了平民，并有 low tea 与 high tea 之分。low tea 是上流阶级在下午四点享用的下午茶，由于客人会坐在低矮的沙发上，茶点也摆在较低的茶几上而得名。high tea 则普遍适用于大众，更像是正餐的茶点，一般在下午六点进行。在过去，一般只有下层人民会在工作之间为了补充体力而享用 high tea，并且坐在较高的餐桌和椅子上，方便快吃快走。

而今，这种划分已不常见，下午茶这种美好的生活方式不分贵贱地走入所有人的生活——生活方式面前，人人平等，最关键的在于布置时的心境和情调。

我在闲暇时间也经常请朋友来家中聚会喝下午茶，除了想和朋友们一起品味好茶和点心，也聊聊各自的生活。朋友说何不用自己的专业去做一些花艺文化的推广，一起喝下午茶的同时还可以分享插花的乐趣。于是在 2013 年 1 月 9 日我生日当天，举办了第一次的"Maggie 的下午茶"，通过微博招募志同道合的花友们，以花会友。曾听说过皮内罗的一句话："茶之所在，即是希望之所在。"世界上没有什么事情是一杯茶解决不了的，如果有，那就来两杯。

一切都浪漫

对于下午茶的最初印象，来自简·奥斯汀。小姐太太们轻摇香扇，闲聊八卦，一切烦恼都在下午茶里烟消云散。精致的瓷器、漂亮的点心和衣冠楚楚的侍者——英国下午茶总是如此优雅，令人神往不已。如果花一些小小的心思，即使不去英国，也能感受到英式下午茶的浪漫。

下午茶的茶具不用成套搭配，可以确定一个主题色，让纹样之间相互关联，白色的亚麻或蕾丝桌布让聚会有了几分柔软的女人味。

下午茶的插花，往往是小巧的，饱满而令人愉悦。为了让客人从任何角度都能欣赏到花儿可爱的姿态，放在餐桌中央的插花几乎都是以球形或半球形的状态呈现。

　　一些收藏的花器带来了复古的情调，经典造型的英国皇家镀金花器，用白色的绣球花、绿色和粉色相间的耶诞玫瑰，点缀些白色澳洲蜡梅插成半球形，配上银色的甜品叉，维多利亚时代的浪漫气息扑面而来。青花瓷器是下午茶的经典之选，传入欧洲的它是贵族皇室的座上宾，他们也会把欧洲的风土人情和向往的生活画在瓷器上。今天，无论在东方还是西方，它都是人们喜爱的瓷器风格之一。粉紫的豌豆花和纯白的绣球、黑种草插在里面，让人好想拥有一段安静的下午茶时光。如果遇到觉得特别、好看，又在能力范围内的器皿，记得赶紧买下来，因为这是可遇不可求的。

下午茶的花儿

　　柔美的粉紫、粉红，明快的白色让人轻松而愉快，这些颜色的花儿，常常出现在西式下午茶的布置里。饱满的绣球、粉粉的玫瑰和芍药，是几种常见的"下午茶花"。想要一点欧洲风情，就在配花中用上香豌豆吧，在欧洲古代的宫廷盛典上，随处可见它的身影。

另外，不用一板一眼地规定自己必须做哪种花朵的搭配，茶器的纹样、桌面的装饰也能激发灵感。剪朵小花插入透明的杯子中，与桌布的装饰图案相呼应，形成一种真与假、虚与实的连接。欣赏美物和品味美食同样重要，选择花朵时，记得注意避开香味浓郁的花儿喔！

美食与鲜花的邂逅

自古至今，美食和花朵的搭配都相得益彰。想要诱人的甜点又不想长胖？鲜花的装饰能让它们秀色可餐，还可以平衡掉奶油带来的甜腻感。不同的花儿插在甜点上，是引人遐想的装饰，而清新的花香让感官所及又丰富了一个层次。神奇的是，这种组合在任何场合，都会让人眼睛一亮。

永远不嫌多的瓶瓶罐罐

其实，我们在生活中的任何器皿和道具都可以拿来插花。花器的选择也必须考虑到与花之间的协调感。现代生活中花器五花八门，有不同的色彩、质感和形状，还是要根据室内环境、装潢风格、家居陈设和个人爱好来选择。大概介绍几种你在生活中通常会用到的：

透明玻璃或水晶材质的器皿。可以根据家居所需，多准备不同大小和形状的，如圆球形、直筒形、长方形，可以按大、中、小的尺寸去组合。喝完果汁剩下来的瓶子、红酒瓶、盛鸡蛋的盒子也都可以拿来插花，绿色又环保。

瓷质器皿。不管是素面的还是蓝花的瓷质器皿都是必备的，它们可以营造出东方插花的意境，也有西方的装饰元素。喝茶用的茶杯也可以拿来插小小的下午茶花艺小品。

金属材质的器皿。铁器、铜器、银器以及镀铬的器皿表面的都会让插花变得有意思。

陶类器皿。手工捏制的陶罐、陶杯是用来插东方插花或野趣乡村花的好选择。

蔬菜水果也是好器皿。古人的智慧真是不简单，在中国传统插花的历史中，古人就会用白萝卜当插花器皿，像萝卜、南瓜、西瓜、彩椒、藕这些都可以插出更有趣味的作品。

手工编织的器皿。如各式各样的篮子、草编物等，也可以自己编织。既可以体验手工的乐趣，又会让你的作品更亲切和有生命力。

Flowers opened the heart

女人们若想心想事成，至少得构建个花园

　　"一个女人如果想写小说，就必须有钱，以及一间自己的屋子。"伍尔芙看得如此通透。不过，如果那间房子配有花园，应该没有任何一位女性会拒绝。土地并无富余，但"万顷之园难以紧凑"，斗室之中，也可以发掘一寸见方的美好。

　　花园仿佛有一种与生俱来的魔法，能让枯萎的灵魂起死回生。在比利时有座美丽的私家花园，每隔三个月，就有不同品种和色彩的花儿相继开放。花园的主人 Dina，因 25 年前的一场车祸，失去了美丽的容颜，痛苦如荆棘，钻入了她的心。于是，她买下这座庄园，从此用花草构建了一个抚慰伤痛的王国。紫色的落新妇如同瀑布一般，从花架上长长地攀下，香

草园里的沙拉菜鲜艳欲滴，英式花境的走廊尽头，是一座报时很准的日晷。Dina 和她的花园，渐渐在苦难的日子里重获新生。

在花园里，浪漫和梦幻永远不会消失。一位老农夫拾回所有的废瓦和贝壳，把被冻死的橄榄园变成花园。他是这片花园的国王，他用那些被丢弃的垃圾，构建了一座乌托邦。渐变的红色与棕色的台阶盘旋上升，带着阿拉伯风情，仿佛通往《一千零一夜》王宫的大门；贝壳铺在路面，某个角落里似乎传来遥远的海浪声。

花园是诗意、浪漫的所在，也是女性的心灵居所之一。没有机会欣赏心驰神往的风景，就把风景带到家里来。找一个空鱼缸，铺上不同颜色的彩石或者沙子，将仙人掌置于其上，沙漠风情的花园就略见雏形。再插上一两根枯木，就更像那么回事。吉维尼的莫奈花园常常人满为患，在你推我挤的情形下，睡莲的风韵怕是早就难以品味了。在家里，可以拿出一只透明的玻璃碗，盛上清水，扔一朵睡莲，或者小小的水锦葵，再撒上点点浮萍，透过玻璃，和阳光一起，在光影和色彩的变幻里把玩印象派的情致。想要欧洲风情吗？在原木色的水果箱上画一些西方的元素便好。哪怕是几个英文单词，氛围也立马改变。栽上饱满的月季或小巧的蔷薇，不用很大的成本，欧式宫廷风就走进了生活。想要田园风，摆几个空蛋壳，在里面种上几株小巧的多肉或者观叶植物，再铺上一层白色的砂石，一起放在清晨的第一缕阳光中，比牛奶更让人元气满满。如果想让植物陪着你，就吊几盆空气凤梨吧。不用担心浇的水会滴下来弄脏衣服或墙壁，空气凤梨可以说是懒人的最佳植物装置了。

"自从我进了这个花园，我时常透过树看天，我有种奇怪的感觉，觉得快乐……一切都是魔法造的，叶子和树、花和鸟、獾和狐狸和松鼠和人，所以魔法一定是围绕着我们，在这个花园里——在所有的地方。"《秘密花园》里的柯林少爷，借着花园这种魔法冲破过保护的牢笼，身上的活力让他熠熠生辉，甚至拯救了被禁锢于丧妻之痛的父亲。导演贾曼在生命最后的日子里，买下了带花园的鱼夫小屋，并为了打造花园四处奔忙。他给这座乐园起了个好听的名字，叫"希望"。

无论是室内或者室外花园，伴随悠悠花香，泡上一壶好茶，看着清风吹动一架花影，植物在夏日阳光下闪闪发光——在花园里浪费掉精致的时光，绝对不会是罪过。

Flower
+
space
F"

花＋空间

长在书里的花园

拥有一小块自己的花园，在其中辛勤劳作，让花朵包围自己的生活——应该没有哪位女性会拒绝有花园的生活，尤其是在繁忙紧张的现代，花园已经成了抚慰心灵的场所。在漂亮的花园里喝着咖啡，读着书，度过一段舒服的午后时光，是件奢侈又幸福的事情。如果你没有多余的空间构造花园，可以尝试在厚书或书形盒子里开辟属于自己的小花园。紫红的白头翁加上粉色风信子，以及花毛茛和澳洲蜡梅，就是一个热热闹闹的小花园。狭长的尤加利叶有植物清凉的气息，好像在曲径通幽的花园里探寻自然的神秘。粉色是女性专属颜色，配上穿紫色花边的瓜叶菊，这是一座柔和娇媚，属于女孩子的花园。无论是书还是书盒，放进去的花泥，得包好一层玻璃纸。

玻璃纸能保护书或盒子不被花泥溢出来的水泡坏，还能锁住花泥的水分。花泥的厚度是有讲究的，最高不能超过盒高的二分之一。即便是插在书盒里的花，也要分主次和高低，层次感在每一种插花里都极为重要。花书也需要每天浇水，尽量浇在花泥上，花儿从茎吸收养分，才会健健康康。

花泥的选择和使用

花泥分鲜花泥和干花泥两种，插鲜花当然是用鲜花泥。花泥是现代西方插花里拿来固定花材的一种发明。早些年在市场上销售的花泥多是绿色的，有长方形、球形、圆锥形和各种异型的；目前市面上也出售五颜六色的花泥，更具有装饰性。

花泥的使用方法有很多，除了放进容器，墙面的装饰也可以用，像景观植物墙、婚礼上的花门、悬挂装置等等，没有说必须怎样，只要发挥你的创意，能给鲜花固定和保鲜就可以。但需要注意的是，花泥正好吸饱水分就可以，不要让水滴出来，在插花时花泥部分一定要遮盖好，插花作品切忌露出花泥。

花泥使用之前要泡水。泡花泥的技巧就是先准备好水，水量是能没过花泥的，直接把花泥拿出来扔进水中，让它自动沉落，慢慢吸饱水分，直到它沉到水底。千万不要用手去压，否则很有可能花泥中心的部分还是干的，这样对花材的花期也会有影响。

小小阳台

高房价的今天，拥有一个小院子对大部分人来说都是可望而不可即的。那么，请好好利用你的阳台吧！高高低低的花草陈列会让阳台有丰富的层次感。除了把花草堆在地上，如果空间和格局允许，还可以做一个T形墙板，上面再钉上高低不同的搁板。T形墙还可以涂成你想要的颜色，甚至发挥你的艺术热情，画出不同的风格，植物的舞台就出现了。如果想要方便，在阳台的栏杆上挂几盆植物也能增添姿色，或者摆上杂货风的木箱或椅子，让植物高高低低地放着，铁艺的鸟笼或花盆架放上类似常春藤叶子的茂盛绿植，有如一幅风景画。花园里用的道具配件也可以摆上几个。记住，不要放过角落，有华丽花色的盆栽，或者旧旧的锡制浇花器，也许摆在那里会有令人惊艳的效果喔！

Flowers
opened
the
heart

F" **Flower Like**

一想起明天的野餐，就很开心

　　四月暖风袭来，海棠开满天地之间，颇有气势。在熙熙攘攘的花朵下找一小块草地，铺开毯子，野餐正式开始。草莓在小木碗里堆得尖尖的，还沾着水珠，法棍带着余热，插在野餐篮里，这情景一如美丽的田园诗。紫甘蓝、樱桃番茄和嫩菠菜一拌，鲜鲜脆脆，像是把整个春天吃进肚子里。小口品着酒，将散落一地的花瓣略加包裹做成枕头，顺势往树下一躺。微醺伴着花香，眼前的景色模糊成了一团舒心的光影。

　　高楼大厦、雾霾沙尘阻挡不了人对绿地和生活的热爱。失去自然的人生，谈不上什么精彩。有美食，有诗歌，有音乐，还有恋爱中的男女，大自然点缀了恪守礼仪的苍白时光，野餐让平日刻板的生活生动了起来。所以哪怕人均绿地只有区区 5.2 平方米，在东京，野餐仍在继续。管它是雨天还是寒冷天气，哪怕鸟儿叼走了食物，有野餐的地方，就有幸福。所以《乱世佳人》中斯嘉丽会对着甘蓝微笑，因为一想起明天的野餐，就很开心。

发现味觉新大陆，往往是从野餐开始。你会吃到西瓜奶酪、培根桃肉卷，还有各种口味的寿司。莓果配上柠檬，泡上水再加进冰块，整个心都有一丝甜甜的。在阳光洒下来的森林空地享用这些，更是为美食添了几分风味。拉起吊床，把采来的野花和松果，撒在亚麻的野餐布上，无须刻意，随便一扔都好看。吃完后，有人低声哼起歌谣，有人弹起尤克里里，风在打拍子，小溪是伴奏，松鼠抱着坚果在一旁跳来跳去，小鸟在头顶叽叽喳喳，一刻不停……

说走就走的野餐，也需要好玩的东西来支撑。手工编制的篮子复古感十足，收纳功能也十分强大，在整个野餐中既实用又好看。把昂贵瓷盘留给隆重的晚宴吧，一些可爱又轻巧的餐具才是野餐的宠儿。木质的餐板搁上热热的华夫饼，上面再点缀几颗蓝莓，配上格子野餐布，清爽又美好。在挑选野餐布的同时，也别忘了铺上防潮垫，舒适和美观同样重要。阳光正好的日子，挎上篮子，出去"野"一回吧。

Flower
+
space

F"

花＋空间

THE CONFESSIONS OF A FLOWER MAKER

野餐的那些小心思

出门野餐，需要一点情调才够味。有花朵，有美食，有朋友和爱人，一场聚会能把错过的美好找回来，所以带上一束花吧！路过花店买一束，或在周围采上一把野花。扔在野餐布上诗意盎然，还可以解救拍照时不知道怎么放的手。

选一些色彩或形态上应季的花朵，比如向日葵，用在秋天就很好，野餐会在秋日特有的喜悦和温暖中进行。干花也是 OK 的，丢几朵在水果里，随意又好看。食材也可以成为装扮野餐的利器。把圆润点的南瓜或者彩椒切开三分之一，留下来当盖子，剩下的三分之二把里面的瓢挖干净当作器皿，再配上同色系的花材，可以做几个不同大小的作品。总之，随意但不要随便，用心就好。

野餐的食物

野餐的正事之一当然就是吃啦！风格混搭的野餐食物是聚会的亮点，可以选一些好吃又好做的菜，比如沙拉、三明治。它们还有一个好处是方便携带，想吃什么口味自由组合就行。用切好的水果或手做的饼干当餐后甜点是个不错的主意，记得备上牙签、湿纸巾和干洗手液，免去偏僻之地不能洗手的尴尬。

轻巧又美丽

想要野餐美美的，又不想带笨重的瓷器餐具？别忘了功能强大的梅森罐，无论装食物还是泡水果水都很方便，罐子也是装点野餐的道具之一哦。另外，保温杯的热汤能让吃多了冷食的胃暖和起来，或在里面放上煮好的奶茶、咖啡，在寒意初现的季节喝上一杯，多么幸福！

Flowers opened the heart

没有不能用的材料，只有不恰当的设计

一提到艺术，脑海里立刻浮现的就是达·芬奇的蒙娜丽莎，隔着卢浮宫的厚玻璃罩里神秘地微笑着，可望而不可即。或者是毕加索的《格尔尼卡》，扭曲的画面和扭曲的形象刻画出变形的人性。高深、难以企及的美、古怪得足以吸引眼球——这些好像是艺术的必备气质。事实上，艺术是多维和善变的，能够接纳任何一种材料、任何一种想法。

生于深海的珊瑚经常被制成珠宝首饰，以前一直认为年长的人才会喜欢——这种印象在朋友带我拜访一家珊瑚工作室时得以改变。在台湾有两个新潮的年轻人把他们的新鲜血液注入了珊瑚的设计，他们的设计新颖、独特、精致而富有创意。那间由老房子改造成的富有巴黎风情的工作室让人流连忘返，这是艺术给人的美之感动。

而灵感，也许会有很多人认为它是神秘的天启，可遇而不可求。灵感的确有这样的特质，不过，它却是根植于生活中美的修养和知识的积累，某个时刻就会从复杂的大脑中浮现出来。我从旅行、电影、服装，从生活里汲取营养。比如坐在花莲的海边时，被海水冲刷得又圆又白的石头也能给我灵感，卑微到经常被忽略的小野花和同样质朴的土器相配，便是清淡明媚的早春之景。普通的芭蕉叶放入玻璃器皿，夏日的凉爽水灵灵地呈现在眼前。似乎什么材料都能做出美妙的作品，只要有一双发现美的眼睛。花艺世界里，没有不能用的材料，只有不恰当的设计！

在海边游玩的时候，我发现了一株长出植物的珊瑚，只要放在特别的空间里，就是一件艺术品，所以我也拍下了它。大部分时间，保持感受美的心态并捕捉生活中的一切，这也是设计师这个职业的魅力所在。

Flower
+
space

F"

花＋空间

赏心乐事谁家院

阳光灿烂的晴天似乎永远都属于户外，一个小小的院子里，好玩的事情太多了。金黄色活力四射，是属于春天的颜色。把院子里的缸和盆都插满金黄色的迎春、金盏菊……阳光洒下来暖暖的，闻着花香坐在小黄椅上发发呆。

鸡蛋出现在金黄的花朵中并不违和，复活节时还可以做彩蛋游戏。如果有小兔子玩偶和丝带做的装饰会更可爱，只要有些枝丫、苔藓、鸡蛋、花朵和你想得到的配件，弄出复活节的味道并不难。有小朋友的话还可以一起做，是项有趣的亲子活动。

中式优雅

中式的典雅装饰能让浮躁的心慢慢平静下来，中式插花也是如此。"岁寒三友"之一的梅花常被文人誉为风骨高洁，它疏淡优美的枝条能够插出传统的风味，中式插花里常常会用到它。把带着花骨朵的梅花插入花瓶里，搭好一个类似架子的轮廓，再把几枝重瓣百合高低错落地插在梅花枝交错的缝隙空间里，手绘的白瓷瓶让这组花清新脱俗、落落大方。

如果想要古朴一点，还可以用一些旧旧的、具有历史感的器皿。在跳蚤市场上淘到的一只旧旧的小花筒，看起来已有了些沧桑和故事，随意插一枝梅花和几朵复古色的花毛茛，古朴不俗的感觉就出来了。

浴室的浪漫

做一束小巧的花束放在浴缸边，把洗澡当成一件心旷神怡的事情。粉色的绣球、郁金香、风铃草和一组熊草构成的花束放在同样粉嫩的浴室，可爱而浪漫。

紫色龙胆花、海洋之歌玫瑰、银叶菊和桃花枝，哪怕插在铜壶里，照

样有一种摄人心魄的美。我给它取了一个名字叫"紫色魅影"，放在简单素雅的洗手台上正好。

浴室的空间如果够大，我会在地上摆一大束花，一个咸菜缸照样可以美醉！桃花、绣球和玫瑰插满一缸，是不是春天的明媚已经来临了呢？

没有不能用的材料

这组餐桌布置的灵感来源于几个喝完的椰子壳，它们的形状和表皮颜色我很喜欢。布置的过程也很简单快速。在桌子的中央布置一条打底的苔藓路，把椰子壳等距地放好，之后放菠萝、扎成小捆的胡萝卜、芦笋、雏菊，需注意材料摆放的角度和层次感。最后，把切成片的藕、蘑菇、蜡烛铺好，摆上绿色的餐盘，上面的装饰正好和餐桌花做个连接，一组绿色带有泥土香的装饰就布置好了。

从十几年前开始，我就在宴会布置中用蔬果和苔藓作为装饰。在我的花艺世界里没有绝对不能用的材料，只要拿捏好它和花朵的比例、质感、颜色等设计要素，发挥你的创意，一切都可以很好地表现出来。

The
Confessions
of a

Flower
Artist

Secret Garden

PART 03 ⏸

花 是 未 说 出 口 的 爱

Flowers
opened
the
heart

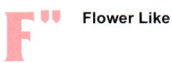

一起吃早餐的人，不想分开

　　洁白的桌子摆上玻璃花瓶，里面插着刚从花园里剪下来的花朵。花瓣上还带着晨露，让这一天显得十分可人。艾玛正在熟睡，过不了多久，房间里就会传来她的笑声。她起床前必与爸爸玩一场追逐游戏，时不时地，她爸爸还会用胡子扎扎她的小脸蛋。红色的小香肠在煎锅里滋滋冒着热气，蛋饼已经送进了烤箱。已经做好的酸奶等着穿上华丽的外衣，收获夸奖。将煎好的小香肠一根一根用牙签串好，盛在瓷盘里端上桌。撒上杏仁和甜甜的蓝莓，以及燕麦片，酸奶变得如此诱人，放在甜点杯里再合适不过。营造氛围的同时，也不忘补充能量，蛋饼里夹上培根，再根据喜好抹上各种酱，让新的一天开启元气满满的模式。

闻到香味的艾玛当然是欢呼着奔向餐桌，先咬一口蛋饼，再将小香肠放进嘴里。吃酸奶的时候，艾玛已经懂得一点一点品味食物的美好：她用小勺子慢慢挑着，生怕舌尖的美味立马消失。先生面带倦容，待到早餐吃到一半时，疲倦消失了大部分。他大口咬着蛋饼，听艾玛讲学校的趣事，怀着好心情逗她笑个不停。

有一种魔法，叫作早餐。那些鲜艳欲滴的水果、嫩嫩的煎蛋和散发好闻味道的粥，一定比闹钟更能让你的大脑苏醒过来；而在吃饭越来越成为社交手段的今天，和家人一起吃早餐，则是一段不可多得的私密时光。我们可以在餐桌上直白地表达内心的想法并得到回应。早餐，是我在这个世界的温柔港湾。

有人说，要抓住男人的心，首先得抓住他的胃；而我认为，一起吃饭，才是最重要的沟通。咬一口松软的面包，再喝一口煮好的咖啡，就会从快节奏带来的紧张里放松下来。聊聊工作，或者周围发生的趣事，烟火味的日子在彼此的眼神和言语的交汇中热气腾腾，一种归属感和安心感就会油然而生。听人说，经常和你一起吃饭的人，很难分开。

对于小艾玛，我很想给她全世界的幸福。孩子的感情往往很直接，你不需要出很多花样，来表达"我爱你"，一顿早餐足够了。金黄的油条，

浓浓的豆浆，总是能轻易将我带回过去——暖洋洋的灯光将冬天早晨的寒冷关在门外，才出笼的包子，热气呼在脸上香喷喷的，在煮好的豆浆里加勺白糖，有滋有味，才像早饭的样子。最后，腮帮子和肚皮总是吃得鼓鼓的，我在家人的唠叨中背上书包出门。现在我才明白，在纯朴食物的包围中，我是那个被人深深爱着的小女孩。

吉本芭娜娜的《厨房》里，少女美影一夜之间变成了无处可去的孤儿，只有回到厨房，靠着巨大的冰箱，才能找到心的居所。她在故事的结尾中，希望在自己生存的地方拥有好多好多厨房，可以是两人共有，也可以大家共有。而沛克更是将厨房抬到很高的位置，厨房对于她来说，是母亲的乳房、恋人的双手和宇宙的中心。无论是厨房还是餐桌，是早餐还是晚餐，一直让我们心心念念的，是家的滋味。

清洁感

整齐，是舒适的前提。一个整洁而秩序井然的厨房，会为清晨大大加分。井井有条的环境，能让头脑变得清晰。毕竟谁也不想为找把勺子而折腾半天，打乱一天的心情。

厨房的整齐，并不只是把物品分类整理，各就各位。它还包括视觉上的协调与统一。提前想好厨房的基调和主题非常重要，餐具的材质和种类也要尽量相配。而植物和花朵的加入又使整个空间生机勃勃。

鲜绿色能让睡眼惺忪的我们振作精神，还能唤醒蔫蔫的胃口。我用了鲜绿色的苹果，圆圆滚滚煞是可爱。配上通透别致的试管花瓶和白色的花，活泼中带着清洁感，在扫除晨间芜杂思绪的同时，也带来一天的好心情。

清新、明快和随意的美

早餐桌上的花朵如果太隆重，会让人心情紧张。用一些色彩清爽又明快的花儿，让一天从清新而随意的氛围中开始。

小苍兰、洋甘菊或白芍药，配上嫩绿的叶子，轻轻松松就打造了田园的氛围。如果没有时间去摆弄花朵，小巧的盆栽也能让早餐美美的。香味要清淡，不能抢掉食物的风头。一些好看的多肉就很受欢迎。或者用新鲜的时令水果与草叶相搭，艳丽的色泽还能促进食欲。注意尽量使用让餐桌和食物显得明亮的颜色。

如果实在是赶时间，干脆剪几朵花，让它们漂浮在碗里。在白瓷碗里放上剪好的菊花，水的清透、瓷的洁净，让绿色的菊花看上去晶莹、清雅而高洁。旁边是灯台树的枝条和绿色的大花蕙兰，碗里放上铁线莲的花骨朵。白色和绿色，清洁感十足的搭配，在这样的餐桌上吃饭，心情也会愉悦许多。

心仪的那些工具

花剪是必备的。普通花剪可以剪一般的花茎，像玫瑰、百合以及草花类的相对纤细的花材。有时还得用上枝剪，修剪下木本花材。另外，还要备上切花泥的长刀和插花用的瑞士花艺专用刀。某些需要装饰的花束，得备上一把丝带剪，用来剪纸、丝带、绳子等。

插花时常用铁丝来加长花枝、捆绑花枝，使之更好插作；或用铁丝缠绕花茎，起到支撑、稳固的作用。铁丝也可以对花枝进行弯曲等造型。插花用的铁丝主要有三种颜色：绿色、咖啡色和银色。一般用钳子来剪或拧各种材质的金属线。

各种大小胶带是进行花艺设计的好帮手。胶带也分几种。有普通透明胶带和插花专用的纸质胶带，通常是把它们缠在铁丝外面，起到固定的作用。纸质胶带还可以起到保水作用，根据花茎的颜色选用接近的色彩，更能起到美化的作用。

记住，每次用完工具后务必擦洗干净，一副好的工具可以让你工作起来事半功倍！

Flowers opened the heart

给她建造个小世界

艾玛的出生，给我带来了翻天覆地的变化。她的降临，让我从一个自由自在、说走就走的女生，变成了一个牵肠挂肚的母亲。襁褓中的她，在无忧无虑地熟睡，皮肤上的细小绒毛被阳光染成了金色。伴随着均匀的呼吸，睫毛微微颤动着，还时不时咂巴一两下小嘴，大约是做了什么好梦。

每个来到世间的婴儿，都是纯洁的小天使。望着睡梦中的艾玛，初为人母的我自然是思绪万千。做父母的大概都差不多，看着上帝赐予的小生命，恨不得把一切都给他。

总有一天，我眼前的婴儿也会长成一个小女孩，并从小女孩变为少女，又从少女蜕变为成熟的女人。善与恶，苦与甜，她都会一一经历。我并不知晓她未来的模样，但在那之前，我好想让她明白这世界的美好。

当她还是个婴儿时，我就带她去看各种艺术展。色彩微妙的个性、线条的自由伸展和图形的新奇组合，我相信这一切都是启蒙的种子，总有一天会开出绚烂的花朵来。小家伙慢慢有了自己的审美，特别喜欢粉红色的蓬蓬裙，有时还会自己搭配一件可爱的外套，假装自己是小公主。艾玛的卧室也是粉粉的，桌上的玩具饰有层层叠叠的饱满花朵。我想让她触摸到的每一件事物，在未经污染的稚嫩心中种植下这世界的美丽。

我不喜欢那些装修得太过花哨，充斥着卡通形象的房间，因为不想拿成人自以为是的审美去影响孩子天性。太多具象化的图案，会分散孩子的注意力，对培养想象力也毫无帮助。一小块黑板墙或玻璃墙也许就是儿童房的最佳装饰，可以随意写写画画又不会弄脏房间。孩子的想象力是旺盛的，不会说话的玩偶也许是一起去冒险的伙伴，而未知的洞穴，或许藏着小矮人和金矿。帐篷能够满足她天马行空的幻想，再挂上小灯泡，就变成一间童话小屋。无论是游戏、阅读、学习还是睡觉，我都希望她在这个好玩的空间里痛痛快快地成长，活出快乐的模样。

花朵的色彩

儿童房里的花朵会让大部分小女孩都欢呼雀跃，尤其是粉红色系。婴儿一般的粉色，和小女孩的心一样柔软。作为主花的锯齿郁金香，粉粉的颜色加上白色的边缘，搭配康乃馨繁复的花瓣，像极了公主的裙摆。几片纤长的叶子随意垂在花束前，给女孩味的花朵添了几分自然的活泼。

绿色是大自然最喜爱的颜色，绿色的康乃馨也可以和任何一种家居风格相配。将许许多多康乃馨聚在一起，生命的蓬勃和朝气迎面扑来。点缀几小朵绿色雏菊，可以避免枯燥和单一。常常出现在新娘捧花中的黄金球，用在这里也毫无违和感，球形的阳光，把整个花束都照亮了。

插花的时候注意让整个造型显得饱满，因为圆滚滚的形状和孩童的笑脸一样，都十分招人喜欢。有时间的话就每天斜剪花枝吧，让花朵更充分地吸收养分。不过关心也要恰当，怕水的康乃馨花头上是不适合过度喷水的。

让花草姿态自由飞翔的器皿

儿童房里放些花草吧！让孩子们学会照顾它们。一把五彩缤纷的塑料吸管也可以拿来插花，但注意不要把浓墨重彩的花儿堆在上面，太多的色彩会毁掉花器的明快与活泼。尽量选择清新、素雅的花材，比如白色的紫罗兰和小果实，还有蕾丝花。注意花茎的大小，得能插进小洞才行。轻盈的蕾丝花往上走，而重瓣的紫罗兰尽量往下，不要全部插满，让花材显得错落有致，保持一种节奏感和秩序感。最后，记得用吸管把树脂水杯插得满满的，就像在准备一个快乐的派对。

让花朵好玩有很多种方法，玩具架就是其中一种。根据铁圈的走向绑上装水的试管，依次把花毛茛、小手球、小苍兰、春兰叶插好，安静的花朵就会呈现出流动的姿态。花毛茛的颜色和小木块相得益彰，为了让各个部分显得和谐，尽量选同一色系的花朵。静中有动、动中有静的作品，像还未长大的小小姑娘。

DIY 花盆

如果觉得插上的花朵脆弱易逝，那就养盆花吧！一盆小小的蔷薇，像是出现在童话城堡中的花朵。如果没有找到漂亮的器皿也没关系，用牛皮纸把它包起来，要注意稍微捏出一些立体的层次，皱皱的感觉才有趣。之后外围裹上一圈薄薄的苔藓，再用金属线缠绕起来，一个 DIY 的花盆就诞生了。配上一个小黑板名片，这盆花就找到了主人。

派对上的冰淇淋花

大多数小女孩都有粉色情结和公主梦，艾玛也不例外。她又喜欢吃冰淇淋，那干脆给她的派对做个冰淇淋花束！根据邀请的人数去冰淇淋店买现成的蛋卷（如果你自己可以在家做更好），里面放上一块用锡箔纸包好的小小花泥，再把粉嫩可爱的花朵插好，不要忘记装饰一些丝带哦！既能装饰现场，又能在派对结束后作为伴手礼送给朋友们。

Flowers opened the heart

理想家庭里，定是少不了书房

　　米白色的窗帘拂过书桌，模糊了阳光，带着柔和的梦幻感。早已过了做梦的年纪，心底却留着一份对美好的渴望。于是在这个安静的午后，读书是最好的休闲。

　　爱书之人的理想房子里，定是少不了书房，比如老舍。有房一间，书籍不少，都为自己所爱读；文具不讲究，好用就行。一张中国漆的桌子，只放一个小瓶，里面插上一两枝花，便是他心目中的圣地。

　　真正有趣的灵魂，内心一定是丰盛的，难怪罗曼·罗兰会感叹，和书籍生活在一起，永远不会叹息。正因如此，我才如此迷恋书房，书把架子撑得满满当当，每一本都是通往奇异世界的密码。在案几前坐下读书，根本不是苦行修炼，需要屏心静气，方能领悟人间之真谛。它是一种简约又不简单的快乐。触到纸页的那一瞬间，心就会雀跃起来，像是和一个好玩的情人来一场刺激的约会，因为下一步永远暗含意外和惊喜。

书房里的时光，让生命更有乐趣。有人认为，书房之于女人的重要性，并不亚于衣橱：一方养内，一方安外。爱读书的女人，不但不会将目光死死锁定爱人的怀抱，还能给对方留下余地和生活空间。因为书本，让她懂得如何与自己相处，也能宽容对待复杂的世界。一个丰满独立的灵魂，不会在对方的爱与不爱中摇摆不定，因为在学会爱别人之前，她早已学会如何爱自己和这个世界。

杨绛先生就是如此。杨先生出生在书卷气浓厚的家庭，父亲说话入情入理，文章浩气冲天，掷地有声。父亲的秘诀就是多读书。母亲在操劳全家的饭食之余，也会读读古典文学。杨绛不由得也学父母的模样捧书而读，这一读让她从此一发不可收拾。书本雕琢了她的灵魂，给了她从容的气质和出类拔萃的性情。哪怕经历最黑暗、屈辱的时期，她也有能力让自己的心不被扭曲，相信那颠倒的世界不过是短暂的假象，人性之美并未泯灭。后来，先生的女儿也在嗜读的父母影响下读起外文书来，还认认真真地查单词。良好的家风和高贵的气质，比任何一份遗产都贵重；而爱读书的女孩，一定不会太差。读书从娃娃抓起，艾玛的房间里也有一个小小的阅读角落。

书房除了用于读书之外，还可以整理自己的思路与内心，将纷扰关在门外。我了解这段光阴的宝贵，所以不会打扰先生的独处。书房，让我们有了短暂的间隔，却给了彼此合适的距离。

周末的早晨，泡上一杯咖啡，打开新买的书，随文字一起放飞思绪。此刻，先生正在专心画着草图，艾玛在隔壁不时笑出声来，新买的绘本让她无比开心。唯愿时光就此停下。

Flower
+
space
F"

雅器

书房是学习、研究的地方，偶尔兼待客之用。不宜摆太多或太艳丽夸张的植物和器皿，以免分散注意力。插花的风格最好以清新素雅为主，小巧简洁，烘托出书房的幽雅氛围。

选择适合书房的花器同样重要，因为花器的造型和材质会决定整个花艺作品的调性，器皿在一个空间的摆放也要和这个空间的气质统一，它作为摆设是要给空间加分的。小白瓷瓶虽然简单但有质感，与书房典雅的气质相得益彰。小瓶口给人以紧凑之感，很适合展现花叶的线条之美。路边随处可见的马莲叶，作为后盾插在紫色的鸢尾后面，鸢尾则高低错落，由内向外进行排列。干净利落的叶子与沉静的紫色，让书房高雅了起来。另外，用银色的金属冰筒插花也是一个好主意。在里面插上整齐的蒲棒，上面是一蓬紫蓝的大飞燕草，整个作品显得沉稳庄重，在质感中显出奢华，适合肃穆、安静、端庄的场合，不用大手笔地进行装饰，就能烘托出书房的品味。

在插瓶花时，对花材做一些固定的措施是非常必要的。比如在瓶口处搭上支架，根据想要的造型决定是搭成十字形还是一字形。插花时，尽量让花材茎部集中，这样一来，就像花叶从瓶中自然长出一般。

相似的色彩适合初学者

较小的阅读区里，黄色的沙发尤为抢眼。家里需要一些活泼的色彩，如何找到与这些色彩搭调的装饰品，成了初学者的难题。

选择相似的色彩，或者同一色系，就不会出错。我用了和沙发一个颜色的郁金香、金合欢和咖色果实打造了作品的线条，没有任何突兀之感。选择最普通的玻璃杯当花器，透明低调。如此一来，整个作品和沙发形成了平衡与协调，小角落活力十足。

顺从自然的设计

我们和植物、动物一样都是生物，是大自然的一部分。植物是大地和太阳的孩子，空气、阳光、大地和水一同合作，使得植物的叶子、花、果实和根部能够成长。所有的植物和我们人类一样，都各自有独特的个性和特质。

你在自然界里看到的植物，有高耸的乔木、较高的灌木，以及较矮的草本植物。自然界似乎有自己的主张，把植物按大中小搭配在一起。做花艺设计选择材料时，基本上要以强势的显耀花材作为主花，再使用中型花材（比主花小，能维持整体协调感的材料）和小型花材（插入花朵间或较低位置的小花或叶子），还要遵循一年四季变化的自然法则。

Flowers opened the heart

卧室，就是回归你本来的模样

　　"优雅"的最好代言人，就是奥黛丽·赫本吧。那在屏幕上绽开的美好笑颜，已经成了人们难以忘怀的经典。与生俱来的美丽，举手投足间的自信，以及不被风尘污染的清澈双眸，赫本很难不让人心动。上帝给她美丽容颜的同时，也给了她极其善良的内心。她在病痛缠身的晚年，仍然去非洲帮助贫困儿童。这样的女子，是落入凡间的天使。

　　每个女孩都想成为赫本，这个心愿比蒂芙尼的珠宝还动人。灰姑娘是在穿上华服和水晶鞋以后，才遇到了王子。帅气多金、才华横溢的万人迷爱上普通的姑娘，只是偶像剧的情节。所以决心告别旧日的自己，无论是健身美白还是穿衣打扮，一切都是为了成为对方喜欢的模样。连恋爱时，也是小心翼翼，如履薄冰。衣服和妆容要一丝不苟，脸上的一颗小痘，是最大的敌人；说话时要十分照顾到对方的情绪，因为他不喜欢不体贴的女孩；体态和礼仪，一定得优雅、优雅、再优雅。我们绷紧了弦，为的是紧跟恋人的脚步，害怕稍有懈怠，对方就会绝尘而去，只给自己留下一颗破碎的心。爱情是一场战争，不完美的自我必须被消灭，赢得恋人忠贞不二的陪伴，是动力也是最终目的。

这样的爱情，太容易让人紧张，也毫无安全感。而一味地改变、委屈自己，本质上是想牢牢拴住恋人，确认自己是他的唯一。当爱的支点全部朝一人倾斜时，显然会重心不稳，坍塌下来是迟早的事。绷满的弦让我们毫无余地，理解恋人身上的软弱也就成了最难的事。他身上的脾气、缺点暴露出来、伤及自身时，莫大的委屈和失望往往会困住自己，踏不出原谅与和解的那一步。

努力变得更优秀是一件好事，而不断丧失自我，是给一段糟糕的关系埋下伏笔。好好开始一段感情之前，学会如何爱自己，才是需要认真对待的一门功课。慢慢学会去接纳那个有缺点，也并不完美的自己，学会去理解自身的软弱。没有谁是一直高高在上的神明，完美无瑕的偶像只存在于神话里。

所以，给自己多那么一点余地又何尝不可。毕竟很多时候，我们不得不戴着面具生活，而卧室是个卸下伪装，自我得到完全释放的场所。我们在卧室睡觉、交谈、阅读、发呆，做一切想做也喜欢做的事情。卧室就像母亲的子宫，把我们放在柔软的棉被与枕头间，放在无数个无论是否有月光的黑夜里，它是最好的庇护所。它默默地陪着我们度过喜怒哀乐，度过三分之一的人生时光——度过艰难的时光，也分享快乐的时光。回到卧室，就像重新回归了一次自我。

卧室，也可以很优雅

人的一生，有三分之一的时间会在卧室度过，舒适、休闲甚至随意，是大部分卧室的特征。在不破坏舒适的前提下，花能让卧室优雅起来。作为热带植物的蝴蝶兰，是花材中的红人，不仅装饰性强，花期也相当持久。蝴蝶兰在卧室也能大放异彩，一枝就能让整个卧室呈现出典雅的模样。再将空气凤梨和蕙兰一左一右，按高、中、低摆放，把变化藏在简洁里。

水漾瓶中花

卧室是休息睡觉的地方，如果要放花儿或其他植物，尽量选择干净、平和的色彩和花型。味道浓厚的花朵会影响人的呼吸道，不宜选择。有点清新和安眠作用的植物比较好。另外，小而精的瓶花适合有限的卧室空间，摆放在床头柜、梳妆台这样的角落，会有点睛之效。白玫瑰和耶诞玫瑰的组合放在床头柜，简单又雅致。插大盆花剩下的几朵白头翁，刚好可以放进琉璃瓶里，下方填上蕾丝花，要精致，也要饱满。用剩下的两枝蕙兰插花时，把短的那枝蕙兰半浸在水中，呈现出流动的姿态。小巧的瓶花能展现出花朵丰富的表情，这也是卧室插花的精髓所在。

再浪漫一点

卧室，是夫妻相处的重要场所，和枕边人携手度过的时光是漫长的，在柴米油盐中添上一些浪漫，会让爱情更加保鲜。与其大张旗鼓地去西餐厅，不如窝在床上看一场属于两人的黑白老电影，让古典的爱情唤醒心底的柔情。再倒上两杯香槟，气氛就会慢慢升温。花朵自是必不可少，让花朵有一点点变化，两人的相处就变得新鲜起来。可以把粉色的奥斯丁玫瑰当作主花，一如初恋时甜蜜的心动。衬上几片高山羊齿和花园里随手剪下来的小草，一个法式 chic bouquet（雅致花束）就出现了。

The
Confessions
of a

Flower
Artist

Secret Garden

PART 04

不 一 样 的 节 日 欢 喜

Flowers opened the heart

热恋中的人都有点儿傻

　　"三叶天南星打算要变性。紫罗兰有件心事。蒲公英正得意扬扬。水仙已经意乱情迷。制造了百万颗种子后，兰花终于满意了。倒挂金钟还不满足，弯下它的柱头去碰花粉。月见草关心的只有一件事——也不过就是那档子事。在花园里散步简直会让人脸红。"

　　自然作家萝赛笔下的花朵，大胆热烈地释放自己的情欲。其实，花朵向来都是情欲的象征，甚至，说它们是情欲的一部分也不为过。

　　清纯魅惑的睡莲，拉丁名是 Nymphaea，来自希腊神话中那群和诸神产生爱欲纠葛的仙子宁芙（Nymph）。而对埃及艳后来说，花草是征服男人的战友。她用丁香香精浸泡自己的帆船，情人安东尼走上船时，就已经进入了爱欲的前奏。进入深闺时，这种攻势变本加厉。除了童奴将玫瑰的馥郁香味不断扇起以外，散落地上的炽烈玫瑰花花瓣也让欲望之火燃烧得更加猛烈。这位罗马大将，毫无悬念地拜倒在艳后的石榴裙下。而另外一位裙下之臣恺撒，命令奴隶在罗马的宴会上，向贵宾喷洒玫瑰香精，甚至从宴会厅高高的穹顶上撒下玫瑰花瓣，让奢靡更加奢靡。

的确，红玫瑰有召唤爱神的魔力。据说，把玫瑰的种子悄悄放进暗恋之人的口袋中，对方就会注意到你。或者，将三瓣玫瑰花用红线穿成手链，戴着它，面朝窗户默想喜欢的人五分钟，然后把它压在枕头下，恋情便会成功。

而在保守的维多利亚时代，花朵摇身一变，成了贵族间的传情暗语。将爱恋的激情隐藏于静默的花朵里，比情诗更加优雅含蓄。皇室的珍品兰花，经常是交换心意的最好道具。在邀舞时，姑娘把送来的兰花别在离心脏越近的位置，获得爱情的几率就越大。如果要拒绝对方，直接把送来的花倒提着还给对方就行。文雅隐晦，干净利落。尽管暗语花样繁多，但贵族的爱情仍然受限于政治和阶级。这就不难解释少女们为何在下午茶时光里，会尝试解读茶叶渣难懂的形状，看看自己未来的丈夫是否是心上人。毕竟，自由的真爱是巨人花园里的金苹果，代价高昂得非同一般。

不过，追求真爱的年轻人越来越多，世俗也不可避免地为之妥协。在女孩甜蜜的小心思里，花朵是祈求真爱的魔咒。瑞典的女孩一到仲夏节，就会在傍晚采来七色的花朵，放在枕头下面，以求爱情成真。当然，我们也可以不用那么麻烦。只消把一枚粉色仙客来花瓣放在橙汁里，喝上三天，白马王子就会主动找你。最简单的办法是，在身上放一小袋干薰衣草，就能与意中人相遇。这些荒谬又可爱的举动，难怪会让人觉得，热恋中的人都有那么点傻。

　　可这傻让人感觉可爱，正是因为太珍惜爱情，所以才会拼上全力去苦心经营，生怕对方有一点一滴的不爱。不过爱情往往是一种自然的缘分，太过极端总会让人缺氧和窒息，正如波伏娃表达的爱意那样："我渴望能见你一面，但请你记得，我不会开口要求见你。这不是因为骄傲——你知道我在你面前毫无骄傲可言，而是因为，唯有你也想见我的时候，我们见面才有意义。"

　　玫瑰花继续在传说故事中扮演着自身的角色。

花＋空间

THE CONFESSIONS OF A FLOWER MAKER

不一样的花束

鲜花是情人节的重头戏。可别小瞧一束花，在很大程度上，一束美丽的鲜花比巧克力更能打开姑娘的心扉。一位干净文雅的绅士捧着鲜花出现，女孩很难不为之心动。前提是，这捧花束一定要不落俗套，姑娘会在惊喜的同时感受到你的用心。

大朵的红色白头翁气势上并不输于红玫瑰，配上黑红色花毛茛和黑色的果子、枝叶，洋溢着恋爱的热烈，大气却并不张扬。绑上小香风的缎带，无论是情人节、求婚、婚礼，还是送人作为礼物，这是一捧不会让人失望的花束。

或者，对红玫瑰稍作改变，一样能做出有灵性的花束。酒红色的玫瑰就像爱情一样性感、浓烈、让人着迷。娇红的蔷薇、花毛茛、小果子和几片绿叶高低起伏地糅合在一起，一小束柔丽丝从花束底部流淌出来。它还有个俗名叫情人泪，好像更能表达对爱人的浓浓爱恋。藏了灵巧心思的花束，让情人节有了不一样的温度。

最简单的花束打法是螺旋形，只要选出蓬松有分量感的填充花、喜欢的主花与点缀的配花就可以。先用填充花扎好大致的形状，依次放入主花和配花，就完成了花束。如果要调整花朵的位置，稍微松开拇指与食指，就能进行整理。为了使花朵保持鲜嫩，可以在花茎处包上浸湿的棉花，再用铝箔纸包起来放置一会儿，还可以在做好的花束外围包上喜欢的纸张作为装饰。

有爱的日子都是情人节

情人节的晚餐，浪漫、暧昧、性感，在摇曳着的朦胧烛光中，盛着诱人液体的酒杯旁，红玫瑰的丰腴与妖娆能激发隐藏的爱与激情。刀叉和餐具尽量简单，桌布可以选严肃的黑色，裹在黑色里的玫瑰，如同身着华服的贵妇，既奢华，又有那么一点点神秘。红加黑的组合正式又浓烈，每个有爱的日子都值得被尊重。

　　一场浪漫的晚餐也不一定非得是在情人节那一天，只要有花、有酒、有美食和一对相爱的人，天天都可以是情人节。

Flowers opened the heart

圣诞节就是保留你的孩子气

在电影《疯狂的圣诞假期》里，一家之主克拉克发誓要让全家度过一个特别有趣的圣诞节。他砍了一棵圣诞树，在房子外面牵上许多灯泡，并邀请同事、邻居到家中共度佳节。

对于圣诞节，我更愿意形容它是一个童话的节日。而每个大人的心里，都住着一个长不大的彼得·潘。都说童话是骗人的，但没有童话的生活是那么的无聊。因为在童话里有美好的希望：善良永远战胜邪恶，天使必定打败魔鬼，公主和王子会一直幸福地生活在一起。圣诞老人、灯泡、圣诞树，圣诞节作为童话的缩影，能让逝去的纯真重新降临，而没人会在这天嘲笑你幼稚天真。

圣诞节的来历，也是一则包含希望的"童话"。耶稣基督诞生时，犹太王希律听到预言，说这个婴孩会做"犹太人的王"。其实这是比喻，表明耶稣基督就是救世主。不安的希律王误解了预言，想除掉这个王位的威胁，于是下令杀掉全城两岁以下的所有男婴。一时间，以色列哀鸿遍野，耶稣却避过灭顶之灾，在马槽中降生了。多年以后，他果真如预言中所说，成了救世主弥赛亚，为迷失的羔羊带来了光明与救赎，奇迹的确发生了。从古至今，人们都会在圣诞树上放一颗星星，象征黑暗里带来希望的明灯。

无论是不是基督徒，一到年底，全世界都在举杯欢庆圣诞节。因为希望、和平与爱，向来都是人性中美好的主题。在"一战"的战场上，剑拔弩张的愤怒在圣诞节时化为清香的橄榄，英德双方的士兵竟然互相祝福。也许是在酒精的作用下，士兵们还举行了足球赛，带有寒意的枪管挂上红色的圣诞帽，即便是暂时的和平也化解了仇恨。在法国，不和的家人也会在圣诞节冰释前嫌，重归于好。试想一下，慵懒、舒适和亲朋的陪伴已经填满了心，谁还会在乎那些小到不必要的争执与罅隙。

因为得到了更多的爱，才不会吝啬地将它锁在保险箱里。绿山墙的安妮，得到养父母和朋友的爱，长大后将爱的能量传播出去，让古怪的凯瑟琳重获活力。她在圣诞节时送了这姑娘一只小狗，让她和大家一起吃大餐，凯瑟琳的别扭、古怪和冰冷完全被击碎了。经历了世间种种浮华的杜鲁

门·卡波蒂，最怀念的是他的忘年交苏柯小姐，她在圣诞欢宴上，很好地维护了一个男孩的自尊心，让他成年后仍然心生感激。"世界因过多的忧虑而老化了，但圣诞节永远是年轻的，圣诞的音乐、天使的歌声冲破了空气。"当圣诞的歌声响起之时，冷漠的冰雪就会融化，隐藏的欢乐也会显形。

姜饼小人会在这一天新鲜出炉，再也不用担心它会逃掉，因为孩子的手永远比它的腿脚块。吃完大餐后，加泰罗尼亚的孩子们会敲敲小木头人Caga Tio，让它吐出礼物和糖果；希腊的孩子们会在鞋子里塞满稻草放在窗台上，用来招待使者的骆驼。作为回报，使者们会送来礼物。最常见的，还是家人们一起去逛圣诞集市。平时安静的城市，在这一刻活了起来：雪花漫天飞舞，灯光如梦似幻，小食店飘出暖暖的香味，耶稣小天使穿梭在人群中，分发着礼物。一切的一切，都在提醒你，那充满着孩子气的可贵喜悦……

Flower + space F"

换一种调调

　　红白圣诞帽、彩色金属球、塑料圣诞树……这些小饰品年复一年地出现，一段时间里几乎圣诞节的装饰就是这些。让我们不妨换一种调调，过一个不一样的圣诞节。

　　经典又传统的红色也是圣诞的主题色之一，可以出现在各个地方，当然也能成为圣诞树的颜色。没了绿色的冬青树，同样能打造圣诞氛围。用铁丝将红瑞木扎成圆锥形，再用一些红色干果、小番茄和洋葱头点缀其间。把去年用过的金属球挂上去，这棵 DIY 的圣诞树就更有节日气氛了。雪白的银叶菊反倒让整棵树暖暖的，里面还可以缠上 LED 灯，到了晚上，一闪一闪的灯光像闪烁的星星一样，特别好看。用一些细节恰到好处地进行点缀，整个节日就会变得轻松有新意。

圣诞节的象征小物，可不止圣诞帽和小拐棍。两只纸做的驯鹿，配上红色和金色的咖啡杯，坐下来时，是不是听到了铃儿响叮当呢？苹果和冬青与火焰百合遥相呼应，加上浪漫的白色蜡烛，圣诞的气息就从这些看似不经意的装饰中流露了出来。无论是装饰还是餐桌布置，蜡烛都是必备的节日饰品。点燃它们的瞬间，带来的不只是光，还有温馨与情调。

节日的味道

节日里怎么会少了食物呢？树干蛋糕、各种布丁、烤火鸡、烟熏三文鱼，各种挑逗人类原始欲望的食物用来做装饰，有一种天生的亲切感，有时还会达到出其不意的效果。肉桂、干柠檬片、彩色的水果……节日的味道，是丰盛的。

用龙柳扎好花环，再缠上复古颜色的干绣球花和尤加利叶打底。接下来，轮到这次的主角出场：洋葱、干柠檬片、肉桂、辣椒……总之可以往里面添加你能想得到的所有食物，只要注意主题的打造和色彩、材质间的关联。辣椒是花环的点睛之笔，因为它，整个花环变得明亮、温暖。在上面用红缎带扎一个大大的蝴蝶结，一个视觉和嗅觉都别有味道的花环就诞生了。缎带的用处很多，可以把它们系在盘子上，或者做成蝴蝶结放在你想装饰的地方。节日的氛围，往往藏在美好的细节里。

肉桂除了用作香料以外，还是很好的装饰品。无论是与干柠檬片、松枝、红果搭在一起，还是配上白蜡烛打造梦幻童话的感觉，肉桂都是一个出彩的配角。另外，一些坚果也让这个圣诞有了满满的丰盛感，深色的坚果配上小金橘和车厘子，可爱有趣；而且，餐后的零食也有了着落。

热闹与华丽

餐桌是一个家里最多欢声笑语和故事的地方。圣诞节的餐桌布置尤其重要。人们在此刻相聚，热闹的氛围，也是圣诞餐桌的主题之一。红色的玫瑰不但是情人节的标志性花朵，用来做圣诞节的装饰也是热情洋溢。法棍面包、彩椒、洋葱、各种红色的水果……它们穿插其中，使得寒冷的冬日丰富温暖了许多。

想要华丽风，其实不用太铺张，添加一些金属色和木色，整个餐桌就华贵了起来。白色的餐具和透明的酒杯，是餐桌布置的基本款，也是每个家庭的必备之物。华贵典雅或是清新自然，搭配任何风格和装饰，它们都游刃有余。最后，给这场聚会来一点好玩的吧。在桌巾上喷人造雪，让整个餐桌变成冬日景象。

Flowers
opened
the
heart

新年，是给平凡的日子亮了灯

　　一提新年，自然想到春联、红包、年夜饭，还有午夜十二点必响的鞭炮。中国人儿时的新年，都大同小异：穿上新衣后欢呼雀跃，看着长辈把墨迹刚干的对联仔仔细细地贴在墙上，在锅台边转来转去，盼星星盼月亮地等着年夜饭。因为除夕之夜可以大块朵颐：糖醋里脊、红烧肉、排骨汤，还有在葱花和辣椒中瞪着眼睛的大肥鱼。饺子是必须吃的，还会包上一枚硬币，不知道谁会成为新年里被财神挑中的幸运儿。过年的头一天早上，从长辈那里领完压岁钱就赶紧放进小猪存钱罐，为下一分钱花在买水果糖还是橡皮擦上纠结半天。没有太多物质欲望的过去，人们把日子过得简朴踏实，有一种回不去的浪漫。

现在的人们随时随地可以吃上一顿年夜饭规模的宴席，如今过年更多的是情感的眷恋。每一个新年，大家仍然翘首以盼。

日本人会在除夕之夜听 108 次钟声，108 种烦恼，在一年中的最后一天烟消云散。有了这长长的钟声，他们才会在新年的第一天了无牵挂地起床，去神社参拜后，带着新的希冀出发。而西班牙的钟声只有 12 下，人们踩着每一声钟声吞下一颗葡萄，让新年的好运气快快找上门，也一脚踢开去年的倒霉事。新年的仪式，是希望的具象化，它给平凡的日子亮了灯，人就踏着灯光，欢欢喜喜迈出第一步。

所以，不必把过去的留恋带到新年，新年是对过去的告别。新年、春节，无论哪一个名词，都饱含生机和希望。聚在一起的庆祝必不可少，不过我不太适应走马灯似的聚会，索性约上两三好友小坐聊天。瓜子花生、甜点奶糖，人已舒服得软在沙发里。有一堆把日子过得绘声绘色的朋友，和新年一样生气勃勃，努力不抱怨地生活着，这是我的一大幸事。

新年还有一个好处，它会给我一段珍贵的假期，进行自我的调整。推掉一些不必要的应酬，从忙碌中抽身。回首才发现，生活早已被件件"正事"填满，但有些时候，并不是非要那么急迫不可。对杂事断舍离的我，有了新的出发点。

团圆，一直是新年的一大主题。母亲长满皱纹的手包着饺子，累是累，但开心。因为常年不见的孩子终于回到家，和家人一起吃顿热饭，辛苦换来的是温馨陪伴。这些，足以让她安心去面对下一年的孤单。孩子也在此刻，体会到父母深沉的爱，这份温柔在几百几千个奋斗的日日夜夜，会让原已冰凉的双手温暖起来。

我们的生活借着新年，洇染上重新开始的希望，以及家人与朋友的爱，丰丰盛盛地迎来下一站的风景。

岁朝清供

　　自古就有在岁朝插花迎新年的习俗。瓶花不仅是中式传统的插花，"瓶"也谐音"平"，寓意"平安"。纯洁的喜庆装扮是少不了红色的，将红色康乃馨插成半球形，既有大胆直白的西式花艺特点，又有在中国强调的"团圆"之意，十分应景。加上几枝线条独特的梅花，凸显了传统插花的线条与留白之美。扇子这样的小道具也能派上用场，加上有点古朴的茶具盘碗，在家里和朋友、家人坐下来喝杯茶，年味十足又不失特色。

　　岁朝插花在花材的选择上，有用松、梅、山茶配以百合、橘子等朴实的"文人花"，也有用红玫瑰、千日红等喜气洋洋的花。同样一盆花，放在茶几上有迎客之意，和典雅的屏风、扇子组合，加之蜡梅优美的线条与画中的枝条，形成虚与实的连接，成了一处艺术味儿浓厚的小景。

欢喜的新年

一提到青花瓷器，好像理所当然想到中国传统插花的模样，其实青花瓷器是一个很百搭的花器。插入兰花或水仙，有一种宁静致远的味道。但带着喜字的蓝花瓷瓶里放一束由火红的玫瑰、粉色重瓣百合、叶子上泛着银粉的尤加利叶组合的花束，好像明明白白告诉你：家有喜事，开心、幸福就是要直白地说出来。

花材的一些禁忌

每个地方政治、文化、民俗、喜好都不同，你都需要了解。比如像日本人喜欢菊花，但中国人觉得菊花只有在丧礼时才用。还有一些在室内环境中摆放花卉的忌讳，像香气十足的花朵就不宜放在卧室、书房等小空间的环境。家里有小朋友的地方就不要摆放有防御性和毒性的植物，像仙人掌类、滴水观音等。总而言之，摆放之前除了植物的颜值以外，也要考虑它们的习性、特性和优缺点，这需要我们多多利用书籍和网络去学习。

致谢

　　拖拖拉拉一年多的时光，终于完成了这本书，虽然知道还有很多不足，但还是颤颤巍巍地迈出了一步。

　　我想感谢所有的同伴、老师以及一直给予我支持和鼓励的朋友们！

　　感谢亲爱的子琪，你像阳光一样温暖又闪亮，与你相处总是获得满满的正能量，因为你才有了这本书。

　　感谢在这本书制作过程中同样付出心血和精力的西班牙摄影师 Manolo Yllera 先生，他跨越海洋和语言用镜头记录下美好。

　　感谢我的编辑墨墨和胡彬，是你们的专业素养和协助，还有半夜一起去工作的情谊，才让这本书更丰富。

　　感谢我的助理玲梅、张岩，不管是凌晨出发去早市还是晚上熬夜做准备工作，没有你们的敬业和帮助，我不敢想象能完成所有工作。

　　感谢 Ikea、家天地的珍珍、JF 茶馆的 Sophia、Fish Flower Studio 的 Yuki、好朋友 May 和小树提供场地，依靠你们的大力支持才有了那些精彩画面。

　　太多太多的人需要感谢，名单和词汇有限，但我都铭记于心，谢谢你们的善良和美好。

　　最后要感谢我的家人，特别是我的先生，默默地一直支持着我，让我可以任性地做自己喜欢的事情。还有我的女儿艾玛，是你带给我无限的幸福和快乐！妈妈永远爱你！

梁平写于台北

梁平

植物装置艺术家，设计师，花卉艺术传播者。
曾为几十个品牌、五星级酒店、会所、高端房地产项目和多位
明星名流的宴会、花园景观进行花艺和空间装置设计。创办了
"Maggie 的下午茶"，推广慢生活美学方式。
现在居住在台北和北京，过着双城生活。

Manolo Yllera

西班牙著名摄影师，《安邸 AD》御用摄影师。
Manolo Yllera 是西班牙最知名的室内摄影师，同时为西班牙
及世界各地其他版本的《安邸 AD》杂志工作，拍摄记录最美
好的家。曾多次为中国明星名流拍摄家居静物。
Manolo Yllera 的作品光线充足、色彩饱和，同时又保持着画面
的干净简洁，充满着无声的力量。

扫一扫

分享你的读书心得，看看同爱这本书的人都在聊什么

关注"豆花的书单"，每天推荐一本好书

90 秒体验阅读快感，看编辑大大各显神通

为你定制专属书单

花朵主义者的告白

产品经理 | 曹俊然　　装帧设计 | 郑力珲

责任编辑 | 金荣良　　策　划　人 | 于　桐

图书在版编目（CIP）数据

花朵主义者的告白 / 梁平著. —— 杭州：浙江文艺
出版社, 2018.11
ISBN 978-7-5339-5442-0

Ⅰ.①花… Ⅱ.①梁… Ⅲ.①散文集 - 中国 - 当代
Ⅳ.①I267

中国版本图书馆CIP数据核字(2018)第249679号

花朵主义者的告白
梁平　著

责任编辑　金荣良
装帧设计　郑力珲

出版发行　浙江文艺出版社

地　　址　杭州市体育场路 347 号　　邮编　310006
网　　址　www.zjwycbs.cn
经　　销　浙江省新华书店集团有限公司
　　　　　果麦文化传媒股份有限公司
印　　刷　北京华联印刷有限公司
开　　本　720 毫米 ×880 毫米　　1/32
字　　数　100 千字
印　　张　6
印　　数　1-6,000
版　　次　2018 年 11 月第 1 版　　2018 年 11 月第 1 次印刷
书　　号　ISBN 978-7-5339-5442-0
定　　价　68.00 元